문학과지성 시인선 430

단지 조금 이상한

강성은 시집

문학과지성사

문학과지성사에서 펴낸 강성은의 시집

Lo-fi(2018)

문학과지성 시인선 430

단지 조금 이상한

초판 1쇄 발행 2013년 6월 22일
초판 12쇄 발행 2024년 9월 30일

지 은 이 강성은
펴 낸 이 이광호
펴 낸 곳 ㈜문학과지성사
등록번호 제1993-000098호
주   소 04034 서울 마포구 잔다리로7길 18(서교동 377-20)
전   화 02)338-7224
팩   스 02)323-4180(편집) 02)338-7221(영업)
전자우편 moonji@moonji.com
홈페이지 www.moonji.com

ⓒ 강성은, 2013. Printed in Seoul, Korea

ISBN 978-89-320-2416-5 03810

지은이는 2009년 서울문화재단 문학창작활성화지원기금을 수혜했습니다.

문학과지성 시인선 430

단지 조금 이상한

강성은

2013

시인의 말

미치광이와 눈먼 자들의 노래를 들으며
어딘지 모르는 채로 가고 있다

2013년 6월
강성은

단지 조금 이상한

차례

시인의 말

눈 속에 빛이 가득해서
다른 것을 보지 못했다

기일(忌日)

버려야 할 물건이 많다
집 앞은 이미 버려진 물건들로 가득하다

죽은 사람의 물건을 버리고 나면 보낼 수 있다
죽지 않았으면 죽었다고 생각하면 된다
나를 내다 버리고 오는 사람의 마음도 이해할 것만
같다

한밤중 누군가 버리고 갔다
한밤중 누군가 다시 쓰레기 더미를 뒤지고 있다

창밖 가로등 아래
밤새 부스럭거리는 소리

올란도

내가 아는 사람들 모두가 죽었다
몇 세기에 걸쳐 꿈을 꾸었다
수많은 계절들의 반복과 변주
수많은 사람들의 반복과 변주
어제와 내일의 경계가 사라지고
여성과 남성의 경계가 사라져도
이 꿈은 사라지지 않아
죽기 위해 절벽에서 몸을 던지면
다음 생이 시작된다
너는 누구지? 너는 누구야?
밤이 저 오랜 질문을 던지고
슬그머니 얼굴을 바꾸면
다음 날이 시작된다
너는 누구지? 너는 누구야?
몇 세기에 걸쳐 떨어져 내리는 낙엽들
나의 노래들이 켜켜이 쌓여간다
나의 얼굴들이 켜켜이 쌓여간다
이 오랜 꿈이 끝나고

나 자신이 희고 빛나는 밤이 될 때
이것이 어떤 잠이었는지 알게 되리

내 꿈속의 벌목공

그는 거대한 톱을 들고 숲으로 걸어 들어온다 낡은 점퍼를 입고 흙투성이 장화를 신고 주위를 두리번거린다 미로 같은 나무들, 울창한 나뭇잎 사이로 햇빛은 눈부시고 그는 망연하다 어제 쓰러뜨린 나무들은 사라지고 없다 숲의 나무들은 다시 처음처럼 울창하게 서 있다 이 숲의 나무들을 다 베고야 말겠다는 벌목공의 야심은 이미 희미해진 지 오래 폭우가 쏟아지는 날도 눈 쌓인 날도 어제도 그는 열심히 나무들을 쓰러뜨렸지만 이내 자신의 등 뒤에서 무서운 속도로 자라나는 나무들 이 거대한 톱이 원하는 것은 저 나무들이 아닐지도 몰라 그는 처음으로 톱이 두려워졌다 그는 쓰러지는 나무를 피해 다녔지만 톱을 멀리한 적은 없었다 하지만 이 벌목이 끝나려면 내가 스스로 나무가 되어야 하는 걸까 그는 반짝이는 은빛 날로 조심스럽게 자신의 몸을 그었다 스칠 때마다 이상한 소리가 났다 어디서도 들어본 적 없는 묘하고 아름다운 소리 그는 자신의 몸을 더 세게 톱질했다 하나도 아프지 않았다 톱이 이토록 쓸쓸한 말을 하다니 이토

록 무서운 말을 하다니 그는 그것이 톱에서 나오는
소리인지 자신의 몸을 베는 소리인지 감각 없는 뼈를
자르는 소리인지 아니면 자신도 모르게 터져 나오는
울음소리인지 알 수가 없었다 그는 자신의 몸을 더
세게 톱질했다 거대한 톱과 거대한 소리는 숲을 가로
질러 그 너머까지 울려 퍼졌다

내가 듣고 있는 줄 그는 모른다

환상의 빛

　나는 운전 중이었다 한적한 산길이었고 차는 천천히 달리고 있었다 열린 창으로 아카시아 숲이 불어오고 있었다 해체된 밴드의 음악이 흘러나왔다 문득 나는 어디로 가고 있는지 기억나지 않고 그러나 이 길은 너무나 익숙해서 생각 없이 노래를 따라 부르는 오후였고 해가 기울어가고 있었고 집에서 멀어지고 있고 옆 좌석에 누군가 잠들어 있었다 모르는 사람이었다 차를 세우려고 했는데 어떻게 해야 하는지 몰랐다 운전하는 것을 배운 적이 없다 면허증도 없는 내가 왜 핸들을 잡고 있는 것일까 모르는 사람은 아무것도 모른 채 곤하게 잠들어 있다 차는 우리를 싣고 보이지 않는 어둠 속을 달리고 있다 집으로 가고 있다 관목 숲에서 밤하늘로 푸른 박쥐들이 날아오르기 시작한다

Le Rayon vert
── 에릭 로메르를 위하여

어떻게 저 많은 별들 가운데

어떻게 저 많은 사람들 가운데

눈이 내리고 수영을 하던 밤

햇빛이 내리쬐고 여행 가방을 싸던 밤

시시각각 우리는 이렇게

질문도 없이 대답을 하지

이토록 가벼운 존재에 대하여

이토록 충만한 투명함에 대하여

사계절 내내

곱슬머리가 부풀어 오르는 우기에도

털모자를 눌러쓰고 걷던 혹한기에도

시시각각 우리는 이렇게

대답 없는 질문을 던지지

이곳은 지구라는 별

네가 왔다

이토록 무한한 녹색 빛

이토록 정지된 푸른 시간

사계절 내내

나의 셔틀콕

아버지와 나는 배드민턴을 쳤다 셔틀콕은 도무지 공 같지 않고 깃털들은 얇은 종이처럼 하늘거리며 천천히 날았다 임마는 의자에 앉아 우리를 보고 있었다 햇빛 때문에 찡그린 채로 손을 이마에 대고 지루한 듯 지켜보고 있었다 그도 그럴 것이 우리의 배드민턴 놀이는 셔틀콕의 비행은 슬로우모션으로 진행되고 있었다 라켓을 높이 쳐든 아버지의 몸짓도 받으려는 나의 몸짓도 너무나 더디게 흘러갔다 나는 햇빛 사이로 비행하는 셔틀콕의 움직임을 반짝임을 시시각각 느끼고 있었다 호기심으로 가득 찬 나는 초등학교 시절의 하얀 체육복을 입은 여자아이

공중에 한참 멈춰 있던 아버지의 라켓이 순식간에 내리치자 셔틀콕은 저편 숲 속으로 빠르게 휙 날아가버렸다 나는 촐랑거리는 강아지처럼 껑충껑충 뛰어 그곳으로 달려갔다 숲 속으로 들어가자 갑자기 주위가 어두워졌다 오래된 나무들이 깊은 침묵 속에 잠겨 있었다 셔틀콕은, 희고 아름다운 깃털이 달린 나의

16

셔틀콕은 어디로 갔을까 나는 눈을 동그랗게 뜨고 두리번거렸다 나의 소중한 셔틀콕은 대체 어디로 갔을까 나는 조금씩 더 깊은 숲으로 걸어 들어갔다

지루해 너는 언제 어른이 될까 엄마는 늘 내게 물었다 나도 모르죠 엄마는 언제 어른이 되었나요 지루해 너는 지루함을 모르는구나 너는 도무지 자라지가 않는구나 애야 그건 셔틀콕이 아니야 그저 한 마리 작은 새란다 이제 저녁이 되었으니 집으로 날아간 게지

숲이 어둠으로 가득 찼을 때 셔틀콕을, 어쩌면 새일지도 모르는 그 셔틀콕을 정말로 찾을 수 없다고 여겨졌을 때 나는 그 숲을 빠져나왔다 배드민턴을 치던 아버지와 엄마는 집으로 돌아갔을까 그런데 도대체 그곳은 어디일까 날마다 조금씩 사라져가는 더없이 고요한

외계로부터의 답신

어떤 날은 한밤중 세탁기에서도 멜로디가 흘러나오지
냉장고에서도 가방 속에서도
심지어 변기에서도

어떤 날은 내가 읽은 페이지마다 독이 묻어 있고
내 머리털 사이로 예쁜 독버섯이 자라기도 한다
그런데 이상하지 나는 죽지 않고

어떤 날은 미치도록 사랑에 빠져든다
세상에서 가장 사랑스러운 여자가 되어
그런데 이상하지 나는 병들어가고

어떤 날에는 우주로 쏘아올린 시들이 내 잠 속으로
떨어졌다*

어쩌면 이것은 외계로부터의 답신
당신들이 보낸 것에 대한 우리들의 입장입니다

18

* 2004년 11월 스웨덴에서 북유럽의 시인들이 모여 외계인을 상
  대로 시 낭송회를 열었다. 26광년 떨어진 항성 베가를 향해 무
  선방송으로 시를 쏘아올렸는데 그곳의 독자들에게 도달하려면
  2054년까지 기다려야 한다고 한다.

펼쳐라, 달빛

철새를 타고 먼 나라들을 여행하고 싶다

검은 숲에서 아코디언을 연주하는 방랑자를 만난다
면 좋겠지
우리가 멍청하다고 느낄 때까지 노래한다면 더 좋
겠지
낡은 원피스를 겹쳐 입고 춤을 추다가
내 손목을 잡아끄는 달빛을 따라가다가
내 몸이 한순간 사라져도 좋겠지

네가 아름다운 수염을 가진 소년이었다면
나는 너의 관을 열어 옆에 누웠을지도 모른다
나와 결혼해주겠니
자장가처럼 달콤한 목소리로 청혼했을지도 모른다
이미 죽은 너의 귓속에 속삭였을지도 모른다

달빛이 내 머리를 쓰다듬을 때 나는
우아하고 창백한 새의 부리를 쓰다듬는다

수염처럼 깃털처럼

우리는 밤하늘에서 잠든다

환상의 빛

긴 잠에서 깨어난 외할머니가
조용히 매실을 담그고 있다
긴 잠을 자고 있는 내가 깨어날 때까지

나는 차를 너무 많이 마셨나
눈물에 휩쓸려 바다까지 떠내려 갔나
하루는 거대해지고
하루는 입자처럼 작아져 보이지 않는다

아픈 내 배를 천천히 문질러주듯
외할머니가 햇볕에 나를 가지런히 말린다
슬퍼서 나는 아무 말도 할 수가 없다

본 적 없는 신을 사랑해본 적도 있다
본 적 없는 신을 그리워해본 적도 있다

그저 외할머니의 치마 속으로 들어가
긴 겨울을 여행하고 싶었을 뿐인데

긴 잠에서 깨어난 내가 눈물을 참는 사이
밤하늘에선 한 번도 본 적 없는 신이 내려오고 있다

저 눈이 녹으면 흰빛은 어디로 가는가*

* 셰익스피어.

미아(迷兒)

담장 위의 푸른 유리 조각들을 하나씩 만져보고 싶었지만 손이 닿지 않았다 저녁 무렵이면 흰 연기를 뿜는 소독차를 따라 달렸다 달리다가 문득 멈추면 나는 또 이상한 거리에 서 있었다 어스름한 불빛이 하나둘 켜지는 저녁의 세계 한가운데 꺼질 듯 수그러들다가 다시 살아나는 저녁의 마술 한가운데 마치 나를 따라다니던 그림자가 나를 와락 끌어안은 느낌이었다 그 따뜻한 손에 이끌려 나는 이 길과 저 골목들 사이를 배회했다 쇼윈도의 창은 밤에만 출렁거렸다 출렁이다 넘쳐 오르면 모든 길들도 출렁였다 파도에 휩쓸려 나는 우리 집 지붕까지 밀려갔다 맨발로 지붕 위에 서 있었다 오래전에 가족들은 나를 찾으러 집 밖으로 뿔뿔이 흩어졌다 지붕 위에서 본 밤하늘은 몽상가의 안경처럼 반짝였다 감나무 사이로 눈이 내렸다

아름다운 계절

눈보라가 그치고 무지개가 떴다
죽은 개를 묻으러 무지개 너머로 갔다

어젯밤 내 얼굴을 핥던 개
잠 속에서도 내 얼굴을 핥았다

깊은 밤
내 혀는 한없이 길어져
낯선 얼굴을 핥았다
침이 흥건했다

죽은 개를 묻으러 무지개 너머로 갔다
돌아오지 않았다

두부

너는 나에게 두부를 주었다 새 삶을 살라며
나는 밤새 울며 두부를 먹었다
두부는 말이 없고 아무 맛도 없다
이렇게 무표정한 두부를
아무리 먹어도 그대로인 두부를
회개하는 마음으로 묵묵히 삼켰다
두부를 다 먹고 나면
새 삶이 시작된다고 믿었다

겨울밤 왕의 잠은 쏟아지고

겨울이 긴 왕국에서
왕은 침대 속에서 가장 오랫동안 머물렀다
아내들이 줄줄이 죽고
일 년 내내 제사를 지내야 했지만
잠은 쏟아지고

그 누구도 왕의 슬픔에 다가가지 못했지만
백성들은 왕을 한 번도 보지 못했지만
왕이 없으면 왕국도 없는데
잠은 쏟아지고

겨울이 없으면 봄도 없다고
잠이 없으면 꿈도 없다고

파도처럼
잠은 쏟아지고

이 겨울밤의 이상함은 어디서 오는가
잠든 왕의 슬픔이 도처에서 쏟아지는데

눈 속에서의 하룻밤

간질병을 앓던 사내아이가 눈 쌓인 숲에서 발견되
었다
아이의 늙은 여자는 울다 정신을 잃었다
관을 짜는 노인이 줄자로 아이의 길이를 쟀다
어두운 골목에서 마주친 사람들은 서로의 그림자에
흠칫 놀랐다
겨울을 저주했다 밤은 더 공포스러웠다.
뒷산의 눈먼 올빼미는 날지 못하고 죽지도 않았다
아무것도 고백하지 않아 더 슬펐다
겨울에 악기들은 영혼을 지닌 것처럼 보였다
아무것도 고백하지 않아 더 부끄러웠다
새벽 눈보라의 입술이 잠든 마을을 무심히 갉아먹
었다
누군가 현관문을 두드렸다
문밖에는 아무도 없었다
모두들 눈 쌓인 숲 속에서 밤을 보내고 있었다
매일 밤

밤을 까먹는 밤

밤 속에 벌레는 죽어 있다 동그랗게 몸을 말아서
태아처럼 죽어 있다 숟가락을 들고 파먹다가 우리는
찡그리고 벌레를 바라본다 벌레는 어떻게 이 밤 속으
로 들어가게 된 걸까 이 밤 속으로 밤들은 수북이 바
구니에 담겨 있다 날 선 바늘을 뚫고 딱딱한 껍질을
뚫고 향긋한 밤 속으로 우리는 벌레가 든 밤을 까먹
는다 이런 밤에 우리는 벌레를 또 얼마나 많이 먹은
걸까 침침한 불빛 아래 우리는 밤마다 또 무얼 그렇
게 많이 고개를 끄덕이고 딱딱한 밤을 이빨로 물고
이가 좋지 않은 늙은이처럼 문득 우리가 태어난 그
밤을 떠올린다

밤이 간다

　검은 아궁이 앞에서 외숙모와 나는 불을 지핀다 한
손에 부지깽이를 들고 저 환한 아궁이 속을 들여다본
다 가마솥에는 조청이 들어 있다 밖은 어스름에서 어
둠으로 변하고 파란 불은 금세 붉은 불로 변한다 저
많은 조청은 누가 다 먹나요 이가 없는 노인들에게
먹여야지 외숙모는 부지깽이로 아궁이 속 더 깊은 곳
을 쿡쿡 찌른다 나는 입을 다물고 앞니가 빠진 빈 곳
에 슬며시 혀를 집어넣어본다 뚜껑 열린 가마솥에서
무언가 힘없는 비명처럼 솟아올랐다 꺼진다 외숙모는
커다란 주걱으로 검은 조청을 휘젓는다 나는 구석에
쌓인 나무를 조금씩 날라 오고 나무는 재로 변하고
나는 이가 없는 노인처럼 기운이 없다 이 조청은 언
제까지 고아야 하나요 이제 겨우 반쯤 끓인걸 저 검
은 조청 속에는 무엇이 들었나요 죽은 사람들의 그림
자들이지 이리 와서 자세히 보렴 나를 집어넣을 건
아니죠 저런 어쩌다 너는 이렇게 늙은 게냐 네가 어
린아이였을 땐 폴짝폴짝 뛰어다니며 그림자들에게 인
사도 곧잘 했는데 이젠 알아보지도 못하는구나 외숙

모는 혀를 찼다 나는 아직 어린걸요 외숙모는 부지깽
이로 아궁이 속을 쿡쿡 쑤신다 나무를 더 넣어라 나
는 아궁이 속에 나무를 집어넣고 앉아서 꾸벅꾸벅 존
다 타오르는 불은 환하고 예쁘고 달다 이는 하나씩
더 빠지고 나는 이가 사라진 자리에 더디게 혀를 넣
어보고 졸면서 나는 정말 늙어버린 걸까 생각하고 어
째서 조청은 이렇게 오랜 시간을 고아야 하나 생각도
잠시 잠든 나를 깨우며 외숙모는 나에게 한 그릇을
내민다 후루룩 마시렴 후루룩 나는 반쯤 뜬 눈으로
내 앞의 검은 조청과 아궁이 속의 불꽃이 희미해져가
는 걸 본다

밤 기차

  기차에 무언가 두고 내렸다 잠깐 잠이 들었고 일어나 보니 옆 좌석에 누군가 타고 있었다 다시 잠이 들었다 깨 보니 다른 누군가 타고 있었다 다시 잠들었다 깼을 때 또 다른 누군가 나를 흔들어 깨우고 있었다 기차는 멈춰 있었다 나는 서둘러 가방과 우산을 챙겼다 기차에서 내리자 겨울밤의 냉기가 밀려왔다 사람들을 뒤따라 계단을 오르고 개찰구를 빠져나왔다 처음 보는 역이었다 처음 보는 지명이었다 모두 한 방향으로 걸어가고 있었다 쌓인 눈 위로 발자국들이 어지럽게 움직이고 있었다 기차에 무언가 두고 내렸다는 걸 깨달았을 때 뒤돌아보니 기차는 사라지고 없었다 사람들에게 떠밀려 어디론가 가고 있다 누군가 날 깨워주길 바랐다

초연(初演)

극장 앞에서 우리는 서성였다 너무 이르거나 너무 늦게 왔으므로 극장 앞에서 우리는 서성였다 하나는 불안한 듯 계속해서 벽을 찼고 하나는 담배를 피우며 지나가는 행인들을 바라봤다 그리고 겨울의 황량한 바람이 우리의 내부를 통과해 간다 더 빨리 왔더라면 더 늦게 왔더라면 이런 어리석은 대화 무의미한 대화 우리는 입을 다물고 서로의 뒷모습만 바라본다 이런 어리석은 장면 무의미한 장면 우리는 극장 앞에서 서성였다 초연은 아니지만 초연 같았다 눈보라가 퍼붓자 사람들을 따라 극장 안으로 들어갔다 안에서도 우리는 서성였다 너무 이르거나 너무 늦게 왔으므로 끝나 있거나 시작하기 전이므로 무엇이 우리를 기다리고 있는지는 아무도 몰랐다

커튼콜

한밤중 맨홀에 빠진 피에로
집에 가던 중이었는데
오늘 공연은 만석이었는데
어째서 지금 이 구덩이 속에 있는가

그는 구덩이 속에 있는 자
분장을 지운 피에로
분장을 지워도 피에로
공중의 달에게 익살맞게 인사합니다
달님이여 그대는 지금 내 유일한 관객
밤새 내 곁을 떠나지 못할 거요

그는 구덩이 속에 있는 자
비좁은 구덩이 속에서 하염없이 공중만 보고 있다
  삼십 년 동안 갈고닦은 만담은 도무지 기억나지
않고
  구덩이 속에서 지난 세월을 헤집어보지만
  떠오르는 건 무대 뒤에서 혼자 분장을 지우던 날들뿐

여긴 말라버린 우물인가 고래 배 속인가
사망의 음침한 골짜기인가
달은 뿌연 커튼 속으로 서서히 모습을 감추고
빗방울은 조금씩 그의 머리 위로 떨어지는데
거기 누구 없소, 여기 사람이 있어요!

누군가의 키득거리는 웃음소리
그리고 삼십 년 동안 들었던 모든 웃음소리들이
한꺼번에 그의 귀를 찢을 듯 터져 나왔다
그는 귀를 막고 중얼거렸다
제기랄 이제 그만들 좀 하라고
죽을힘을 다해 구덩이를 기어오른다

미끄러졌다 오르기를 반복하는
그는 지금 분장을 지운 피에로
분장을 지워도 피에로
구덩이 속에 있는 자

안녕 나의 외계인 아기

 배가 공처럼 동그랗게 부풀어 올라 병원에 갔다 나는 병실 침대에 누워 있었고 의사는 아기가 나올 모양이리고 했나 임신이라뇨 그럴 리가 없는데 의사는 사무적인 말투로 아직 나오려면 멀었으니 기다리라는 말만 하곤 간호사를 데리고 사라졌다 나는 순간 공처럼 둥근 내 배가 조금 무서워졌다 그리고 아이의 아빠가 누군지 기억나지 않아 두려워졌다 지난밤 외계인에게 납치되기라도 한 걸까 이렇게 순식간에 배가 불러오다니 그러는 사이에도 배는 점점 더 불러왔다 외계인 아기가 나올까 봐 나는 무서워 울부짖었다 달려온 의사는 귀찮다는 듯 그럼 지금 수술을 해서 떼내어버리자고 말했다 나는 그 의사가 더 무서웠다 메스를 들고 내 배를 툭툭 건드리고 있었다 순식간에 침대에서 벌떡 일어선 나는 밖을 향해 달렸다 뒤에서 의사와 간호사들이 소리를 지르며 쫓아왔다 나는 달리면서도 점점 배가 불러왔다 걱정 마라 내 아기 네가 외계인이라도 나는 너의 엄마가 되어줄 테니 나는 배를 만지며 울먹였다 병원 문을 나서는 순간 내 두

발은 공중으로 붕붕 날아가는 것 같았다 세상에 내
배 속에 아기가 들었는데 이렇게 가벼울 수 있다니
나는 조금씩 더 위로 공중으로 올라가고 있었다 나는
풍선처럼 떠올랐다 세상에 내 배 속에 있는 너는 외
계인이 틀림없구나 나는 내 아기의 별에 도착해 뻥
하고 터질 것이 분명해 그러나 이상하게 내 마음도
몸처럼 가벼워졌다 하늘 위에서 아래를 보니 불빛이
서서히 켜지는 저녁의 도시도 아름다워 보였다 안녕
지구 나는 이제 다른 별로 간다 어둠 속에서 달이 내
손을 슬며시 끌어당겼다

겨울방학

　겨울 산에 토끼 잡으러 갔다 나와 동생과 사촌 동생, 우리 셋은 한 번도 잡아본 적 없는 토끼를 잡으러 나섰다 흰 눈이 무릎까지 오는 산이었다 토끼는 보지도 못하고 길을 잃었다 해가 지고 있는데 어떤 남자가 숲에서 나와 여기서 뭐하냐고 물었다 집으로 가고 싶은데 길을 잃었다고 말했다 남자가 가리켜준 방향으로 캄캄한 산을 내려와 도로를 따라 몇 시간 걸었다 불빛이 보일 때까지 밤늦게 집에 도착한 우리는 어른들에게 엉덩이를 맞으며 울었다 다음 날 사촌 동생은 방학이 끝나 서울로 갔다 며칠 뒤에 동생이 산에서 귀신을 봤다고 말했다 나는 그 남자가 귀신이라고 말했다 얼마 후 동네에서 그를 봤다 산에서 봤을 때보다 많이 늙어 있었다 할아버지가 되어 지게를 지고 있었다

덤불

여름이 되자 그의 몸에서 잎이 자라기 시작했다 잎
들이 무성해지자 그는 곧 덤불이 되었다 태양이 광기
의 분수를 뿜어낼수록 덤불은 더 풍성해져갔다 입속
에서 솟아나온 연한 줄기는 이내 단단해졌고 그러나
곧 그의 몸의 일부가 되어 하나도 아프지 않았다 대
신 아무 말도 할 수 없었다 덤불인간이 되는 것이 나
의 운명이었나 시간이 지나자 그는 처음부터 덤불 속
에 살아왔던 것처럼 느껴졌다 덤불의 눈으로 보니 누
구나 덤불 속에 있는 것처럼 보였다 원래 덤불 속에
서 살아왔고 덤불 밖으로는 한 발자국도 나온 적이
없다고 서리가 내리자 그는 조금씩 잿빛으로 물들어
갔다 오래 먹지 못했고 야위어갔다 덤불은 자주 바람
에 흔들렸고 겨울이 되자 검불이 되어 굴러다녔다

침묵하고 있는 수많은 덤불들이 도시의 외곽을 둘
러싸고 있었다

전염병

우린 전염되지 않았어요 공기가
공기는 여전히 나쁘고
우린 곧 아프거나 죽겠지만
우린 전염되지 않았어요
장갑과 마스크는 필요 없어요
음악시간에 노래 불러도 되나요
체육시간에 함께 달려도 되나요
청소하다가 울음을 터뜨리는 건
우린 원래 그래요
전염되지 않았어요 우린
손을 잡아도 되나요
이어폰을 나눠 껴도 되나요
정말 그것 때문에 죽을 수도 있나요
작년에 죽은 내 친구는 알까요
산 사람들도 죽음과 손잡고 있다는 걸
그게 어떤 기분인지
그게 어떤 슬픔인지
아직 우린 전염되지 않았어요

마스크 낀 입술을 달싹이며

다시 볼 수 없을지도 모르는 친구들과 겨우 작별

작별이라는 말은 하지 말자

공기는 여전히 나쁘고

우린 곧 아프거나 죽겠지만

지구엔 누가 남을까요

그때에도 햇빛은 저렇게 찬란히 빛나겠지만

불타는 성

성이 불탄다 성은 마치 기름을 끼얹은 장작더미처럼 활활 타오른다
정교하게 지은 탑과 예배당을 불태우고
시장과 거리와 다리와 공원을 불태우고
잠든 사람들과 도망치는 사람들을 불태우고
탄식과 아우성을 불태우고
밤과 낮의 풍경들을 불태우고
해와 달을 불태우고
사람들 기억 속의 성을 불태우고
전해져 오는 구슬픈 노래들을 불태우고
아무도 공격하지 않았는데
아무도 불화살을 쏘아 올리지 않았는데
성은 불타고
불은 한 번도 꺼진 적이 없고
재로 변하지도 않고
타오르는 채로 계절은 흐르고
왜 불타는지 도무지 알 수 없는데
성은 백 년째 불타고 있고

성은 불 속에서 봄을 맞고
성은 불 속에서 얼음이 어는데
성 밖에선 성이 보이지 않고
아무도 눈치채지 못할 뿐
아직도 불타는데

감시자

　그는 자신의 집 정원에 떨어진 운석을 감시하라는
명령을 받았다 운석은 지름 오 미터의 검은 돌덩이였
고 어느 밤 우주로부터 날아왔다 운석이 떨어지는 것
은 드문 일은 아니었다 하지만 이것은 그냥 돌이 아
니었다 문자가 새겨져 있었다 학자들은 그것을 해독
하려 애썼고 군은 비상경계체제에 돌입했다 그러나
아무것도 알아내지 못했다 아무 일도 일어나지 않았
다 그는 잠자는 시간을 제외하고는 늘 운석을 바라보
고 있었다 꿈속에서도 운석을 바라보고 있었다 명령
을 내린 자들은 모두 죽었고 그들을 죽인 자들이 다
시 그 자리를 차지했다 한 번 내려진 명령은 변경되
지 않았다 운석을 기억하는 건 그뿐이었다 운석은 구
만 광년의 시간을 날아왔다 구만 광년은 누군가를 잊
을 만한 시간이다 구만 광년은 모든 것을 잊을 만한
시간이다 그는 운석을 바라보고 있었다 구만 광년의
어둠을 보고 서 있었다 구만 광년의 정원 속으로 천
천히 걸어 들어가고 있었다

저 연못 속에 무엇이 있습니까

학교 연못 옆 벤치에서 책을 읽다가 연못 속의 어른거리는 그림자를 봅니다 저 연못 속에는 무엇이 있습니까 검은 물속에서 검은 그림자가 어른거립니다 검은 연못 속에서 검은 여름이 어른거립니다 정오의 태양은 머리를 풀고 잎사귀들은 축 늘어진 채로 반짝이고 바람은 책장을 넘기고 나는 검은 연못에 비친 여름을 봅니다 저 연못 속에 무엇이 있습니까 여름꽃을 좋아하는 사람은 여름에 죽는다*는데 저 검은 물이 피운 꽃들이 사방에서 피어나는데 나는 눈먼 자가 되어 검은 연못을 바라봅니다 깊어지는 어둠의 내부를 바라봅니다 저 연못 속에 무엇이 있습니까 누가 이 눈먼 세계의 영원한 주인입니까 저 검은 연못 위로 낙엽이 떨어지고 흰 눈송이가 떨어지고 얼음이 얼면 생의 마지막 여름은 그 첫여름을 기억할까요

* 다자이 오사무.

이상하고 아름다운

창문이 열려 있었다 커튼이 흔들리고 있다 그 틈으로 햇볕이 들어오고 있었다 금이 간 안경알이 빛나고 있었다 어두운 곳에 침대가 있다 그 옆으로 흘러내린 촛농으로 덮인 나무 테이블이 있었다 벽에 걸린 몇 년 전의 달력이, 마룻바닥 위 여행 가방이 입을 벌리고 옷가지들을 쏟아낸 채 잠들어 있었다 천장에는 얼룩덜룩한 곰팡이가 꿈의 무늬를 그려놓고 있었다 방문 앞에 흙 묻은 신발이 뒤집혀 있었다 침대 속에서 누군가 울고 있었다 센서 불빛이 켜졌다 꺼졌다, 다시 켜진다

진눈깨비

아침부터 내리던 눈이 비로 변한다
사람들은 슬퍼서 점점 더 희미해져간다
사람들은 박물관의 공룡들처럼 텅 빈 몸을 가진다
영혼이 스친다는 건 무슨 말일까
며칠째 쌓였던 눈이 녹자 옆집 지붕이 검게 변한다
하얀 얼룩이 사라지자 검은 얼룩이
검은 얼룩이 사라지자 다시 하얀 얼룩이
이 계절 내내 번져간다
어떤 이들은 하룻밤 사이에 백발이 된 자신을 본다
새들도 페루에 가서 죽는다는 말이 사실일까
우리는 내리는 비를 맞으며 겨울과 입 맞춘다
우리는 내리는 눈을 맞으며 가난과 입 맞춘다
딱딱한 물을 나눠 먹자며 수시로 겨울은 창문을 두
들겼다
겨울에 태어난 자들은 겨울이 나눠주는 물을 먹고
부러진 이 사이로 휘파람을 불었다
어제부터 내리던 비가 눈으로 변한다
우리는 하늘을 향해 입을 벌리고
겨울의 시신을 천천히 혀로 녹여 먹었다

허수아비

한때 나는 안개
언제나 같은 자리지만
앞이 보이지 않는다
안개가 걷힌다고 풍경이 변하는 것도 아니다
오래전부터 햇빛과 바람은 무서운 얼굴로
내 몸을 사정없이 응시했다
길은 사방으로 나 있다
눈을 감고
안개 속을 뚫고
이대로 사라져도 좋을까
황량한 들판 저 끝으로
쓸쓸히 사라져도 좋을까
입술 위로
범람하는 안개
아무것도 고백하지 못한 채
긴 수염이 자란다

런던포그

런던포그는 아버지가 입던 양복의 이름
지금은 사라져버린
안개처럼 사라져버린
아버지와 양복
어느 날은 겨울 나뭇가지 끝에 걸려 있고
어느 날은 비에 젖은 채로 중얼거리고
눈 내리는 밤 창문을 톡톡 두드리고
텅 빈 가을을 가로지르고
시시각각 형체를 바꾸며 나타났다 사라지고
몇 세기 동안 녹지 않는 눈사람이 되어
겨울이 되면 다시 그 집 앞에 서 있다
고향이 없는 자가 그리워하는 고향처럼
지금은 사라져버린
안개처럼 사라져버린

환상의 빛

옛날 영화를 보다가
옛날 음악을 듣다가
나는 옛날 사람이 되어버렸구나 생각했다

지금의 나보다 젊은 나이에 죽은 아버지를 떠올리
고는
너무 멀리 와버렸구나 생각했다

명백한 것은 너무나 명백해서
비현실적으로 느껴진다

몇 세기 전의 사람을 사랑하고
몇 세기 전의 장면을 그리워하며
단 한 번의 여름을 보냈다 보냈을 뿐인데

내게서 일어난 적 없는 일들이
조용히 우거지고 있는 것을
보지 못한다

눈 속에 빛이 가득해서
다른 것을 보지 못했다

동지(冬至)

누군가 내 얼굴 위에 글자를 쓰고 있었다
나는 눈을 감은 채 그 글자들을 따라가고 있었다
내 얼굴은 얼마나 넓은지
글은 얼마나 긴지
나는 앞서간 글자를 잊고
밤새 그의 손길을 따라갔다
너무 멀리 가서
돌아오지 못할 것처럼 생각되었다
그사이 누군가 빗자루로 내 잠을 저만치 쓸어놓고
나를 먼 데로 옮겨다 놓고
나는 저만치 쓸려갔다 쓸려오고
그 위로 눈이 쌓였다
그의 밤은 얼마나 긴지
나의 밤은 얼마나 먼지

끝없이 계속되었다

단지 조금 이상한

아직 이름이 없고 증상도 없는
어떤 생각에 빠져 있을 땐 멈춰 있다가
정신을 차리고 보면 다시 생동하는 세계와 같은

단지 조금 이상한 병처럼
단지 조금 이상한 잠처럼

마음속에서 발생하는 계절처럼
슬픔도 없이 사라지는

위에서 아래로 읽는 시절을 지나
오른편에서 왼편으로 읽는 시절을 지나
이제는 어느 쪽으로 읽어도 무관해진
노학자의 안경알처럼 맑아진

일요일의 낮잠처럼
단지 조금 고요한
단지 조금 이상한

여름 한때

젊고 아름다운 남녀가 있었다
그들은 내 부모였다
나는 그것이 극 중이라는 걸 알았고
밝고 활기차 보이는 아버지에게 어리광을 부리다가
내 손톱에 찔려 화가 난 것을 보았다
극이 중단될까 두려워진 나는 사과하고 또 빌었다
사랑스러운 아이가 되고 싶었지만
말 한마디 하는 것이 조심스러워 눈치만 보았다
그들과 나는 소풍을 갔는데 햇빛이 눈부셨는데
하나도 행복하지 않았다
하지만 극 중이니까
아무도 눈치채지 못하길 바랐고
애써 웃으려고 했는데 나도 모르게 울고 말았다

극은 계속 진행되었다

하지의 밤

아이들은 신이 났다 축제는 해가 떠 있는 동안
사방에서 모여든 서커스와 놀이 기구들 그리고 구
경꾼들
툰드라의 태양은 불면 중이다
불면의 밤이 환하다
녹색 이끼들은 사람들의 발목까지 자라나고
파도처럼 밀려오는 어둠은 턱 밑까지 차오르는
축제의 밤
이 환한 밤이 끝나면 다시 어두운 밤이 시작되리
밤을 여행하던 사람들이
계절 저편으로 사라져가는
한여름 밤의 노벨레

어떤 나라

어떤 나라에서는
청바지를 입는 것이 금지되었고
청비지 밀수입업자가 교수형을 당했다
그러나 집집마다 옷장 속 깊숙이 청바지는 패물처
럼 숨겨져 있고

어떤 나라에서는
부모가 늙으면 산에 버리러 가야 했는데
빵 부스러기를 떨어뜨리며 아들은 새처럼 울었다
그러나 산에서 내려오는 순간 자신의 몸에 밴 늙은
이 냄새

어떤 나라에서는
음악을 연주하는 것이 금지되었는데
피아니스트는 타이피스트가
드러머는 대장장이가
가수는 약장수가 되었다
음악이 사라지지는 않았다

어떤 나라에서는
어디가 영토의 시작인지 끝인지 몰라 지도를 그릴
수가 없었다
하루는 요람처럼 작아졌다가
하루는 관처럼 거대해졌다가
하루는 사라지기도 했다

어떤 나라에서는
죽는 것이 금지되었다
그러나 꿈꾸는 것과
오래 잠을 자는 것은 허용되었다

어떤 나라에서는
아무도 살지 않는데
날마다 조종(弔鐘)이 울렸다

세계의 끝으로의 여행

세계의 끝으로 가는 기차를 탔다
나의 반대편에 큰아버지가 잠들어 있었다
기차가 낭도한 곳은 거대한 바다였다
많은 사람들이 기차에서 내려 환호했다
이곳이 세계의 끝이구나
이곳이 우리가 도달할 수 있는 마지막이구나
우리는 기차에서 내려 식당에 들어갔다
큰아버지는 내가 흘린 국수를 젓가락으로 천천히
집어먹었다
왜 그런 걸 드세요
왜 떨어진 걸 주워 드세요
나는 세계의 끝까지 와서
내가 흘린 국수를 먹는 큰아버지 때문에 화가 났다
큰아버지는 말이 없었다
큰아버지는 원래 이런 사람이죠
오랜만에 만난 조카에게 손목시계를 끌러 주고
동생을 너무 많이 닮은 조카를 보고 뒤돌아서 우는
제발 좀 다른 양복으로 갈아입으세요

그 낡은 양복을 입고 세계의 끝까지 왔나요
큰아버지는 내 말에 개의치 않는다는 듯
바닥에 떨어진 것까지 우아하게 젓가락으로 집었다
수많은 사람들이 바다로 뛰어들었다
끝의 끝을 보겠다는 듯 환희에 찬 얼굴로 물속으로
가라앉았다
우리 관광의 마지막 코스는 그것이었다
우리는
국수를 먹었다
식당 밖의 풍경이 아득하게 멀어져갔다

부끄러움

친구는 런던에서 방콕에서 뉴욕에서 엽서를 보냈다
나는 귀마개를 쓰고 지칠 때까지 걸어 다녔다
새벽 2시가 되면 반짝이는 창문들이 있어
숨겨진 이야기들이 빛으로 새어 나오는 창문들
한밤중 모두가 잠들었을 때
세상의 모든 딸들은 부끄러움 때문에 죽는다*지
먼 곳에서 온 엽서에는 늘 얼룩진 몇 줄이 있다
그 보이지 않는 말들이
내가 아는 가장 아름다운 비밀
너는 지금 어디 있을까
새벽 2시가 되면 빛나는 창문들이 있어
나는 걸어 다니다가 문득 그곳을 보곤 한다

* 김연수 소설 「기억할 만한 지나침」 중 "모든 딸들은 부끄러움
  때문에 바뀐다"를 변용.

불 꺼진 방

악몽을 꾸다 소리를 지르며 깬 나는 일어나 침대에 앉는다 캄캄한 밤 얼굴이 잘 보이지 않는 사내가 나를 토막 내고 커다란 검은 비닐봉투에 담아 집 앞 가로등 아래 버리고 사라졌다 나는 봉투에 담긴 채로 비명을 질렀다 집 앞 미용실 여자가 커다란 봉투 몇 개를 들고 나와 주위를 둘러보다가 던져버리고 바삐 들어갔다 고양이 하나가 다가와 나를 툭툭 건드려보고는 지나갔다 아이 하나가 가출이라도 하는지 배낭을 메고 훌쩍이며 지나갔다 새벽이 오면 나는 이 쓰레기들과 함께 먼 곳으로 옮겨질까 어째서 내 비명은 오직 나만 알아들을 수 있는 걸까 가슴에서 커다란 덩어리 몇 개가 갑자기 불쑥 솟아나와 비닐봉투는 터질 것 같았다 내 비명은 내 귀를 멀게 만들 것처럼 고통스럽게 터져 나왔다

침대에 앉은 나는 주위를 둘러본다 창밖의 가로등 때문에 방 안은 희미하게 윤곽이 드러나 있다 휴대폰을 열자 시계는 12시가 조금 넘었을 뿐이다 쉽게 잠

들 수 있을 것 같지 않다 얼굴이 보이지 않던 그 남자
는 누구였을까 그 남자의 얼굴을 아무리 떠올려도 기
어이 나지 않는다 나는 잠시 꿈을 꾼 것뿐이다 꿈속
에는 알 수 없는 일과 알 수 없는 사람들로 가득하다
나는 침대에서 일어나 불을 켠다 불이 켜지지 않는다
내 방 형광등의 점등관은 지난주에도 고장이 났다 이
럴 때 또 고장이라니 나는 한숨을 쉬며 침대에 드러
누워 형광등을 바라보다가 의자를 가지고 와서 올라
간다 형광등을 손으로 돌려보고 점등관을 뺐다가 다
시 돌려보기를 끝없이 반복한다 왜 불이 켜지지 않는
걸까

　주방의 불도 켜지지 않는다 욕실의 불도 켜지지 않
는다 정전이라도 된 것일까 창문을 열자 가로등은 내
꿈속에서처럼 여전히 환하게 골목을 밝히고 있다 가
로등 아래는 불룩한 쓰레기봉투들이 산더미처럼 쌓여
있고 고양이 하나가 가로등 주위를 맴돌고 맞은편 미
용실에는 불빛이 새어 나오고 저편에서 누군가의 발

소리가 들리고 나는 불 꺼진 방에 서 있다 나는 마치
수천 년 동안 불을 켜려고 했던 유령 같다 얼굴을 모
르는 당신의 꿈속 같다

인테리어

아름다운 북유럽 가구들처럼
겨울에 더 빛나는 흰 자작나무처럼

낡은 아파트에서 담요를 두른 맨발의
가난한 음악가처럼

가구들을 이리저리 옮겨보는
겨울밤 복도에는 발 없는 유령들이 걸어 다니고

차갑게 식은 욕조 속에서 나는
타일 위에 가고 싶은 나라의 지도를 그렸다

빛이 통과하는 물속처럼
겨울 공원 벤치처럼

어디에도 없는
어디엔가 있을 것만 같은

지도 위로 매일 눈은 내리고

나의 잠과는 무관하게

커튼 사이로 바람이
감은 눈 사이로 바람이
이항 사이로 바람이
날벌레들 사이로 바람이
낮잠 사이로 바람이
너의 얼굴 사이로 바람이
우리 중얼거림 사이로 바람이
먹다 남은 빵 사이로 바람이
어제와 오늘의 대화
그 사이로 바람이
잠들어 있는 너와
잠들지 못하는 너
사이로 바람이
가장 먼 곳에서 불어오는 바람이
텅 빈 방과 거울 사이로 바람이
먼지 같은 바람이
죽은 자의 허밍 같은 바람이
나의 잠과는 무관하게
영원한 순간 같은 바람이

구빈원

아이들이 버려진다
노인들도 버려진다
청년들도 버려졌다
중년들도 버려졌다
개들도 새들도 물고기도
실은 모두가 버려지고 있다
너무 먼 곳에 버려져 잊었을 뿐이다
이 행성이 우주의 거대한 쓰레기장이라는 걸
우리는 모른다
기억하지 못한다
버린 자들이 가끔 떠올리는
악몽이라는 이름의 푸른 별을

잠 속에서 태어나는 이상한 시간

이 광 호

> "잠자는 사람은 자기 둘레에 시간의 실을,
> 세월과 세계들의 질서를 둥글게 감고 있다."
> ——프루스트, 『잃어버린 시간을 찾아서』

어떤 매혹은 섬광처럼 지나가고, 어떤 매혹은 긴 여운을 기억으로 남긴다. 강성은의 첫 시집은 두번째 매혹에 가까웠을 것이다. 특유의 초현실적인 상상력은 세헤라자데의 음색으로 '서커스의 천막'과 '고딕 시대'와 '구두 속'을 넘나들었다. 두번째 시집에서 시인의 상상력은 더 깊은 잠 속에서, 시간의 둘레와 시간의 겹들을 탐색한다. 이번 시집에서 독자는, 도처에서 잠자는 주체의 중얼거림과 그 꿈속 이미지들의 서늘하고 아름다운 질감을 만나게 된다. 그러니 이 시집 전체를 잠과 꿈의 매력적인 지도라고 말해도 될 것 같다.

잠자는 사람과 시적 주체의 상관성에 대해서 먼저 말해
보자. '잠'이 의식의 잠정적인 정지라면, 잠자는 자는 '복
합적인 근원적 시간'[1]에 대한 계시를 경험하는 자이다. 의
식을 잠정적으로 중지시키고, 기억을 넘어서는 근원적인
시간을 태어나게 하는 주체. 이런 주체는 동일자로서의 주
체가 아니며, 무의식적인 존재 생성의 주체라고 할 수 있
다. 의식적 주체성을 포기하는 자리에서 오히려, 내적인
존재는 시간의 근원적 순환과 반복을 경험하는 다른 '자
신—시간'을 만난다. 이렇게 의식의 정지를 통해 다른 시
간의 생성에 도달하는 존재를 '시적 주체'라고 불러도 될
까? 시인은 때로, 이미 잠든 자이다. 그런 존재가 만드는
기이한 장면 속으로 들어가보자.

하지만 이 벌목이 끝나려면 내가 스스로 나무가 되어야 하
는 걸까 그는 반짝이는 은빛 날로 조심스럽게 자신의 몸을

---

1) "잠자는 사람과 마찬가지로 예술가로서의 주체는 본질 자체 속에 감싸여
있는 복합적인 근원적 시간에 대한 계시를 가지고 있다. 이 근원적 시간은
모든 계열들과 모든 차원들을 포함하는 것이다. 여기서 바로 〈되찾은 시
간〉이라는 말의 의미가 있다. 되찾은 시간은 순수한 형태로서의 예술의
기호 속에 포함되어 있다. 〔……〕 잠과 마찬가지로 예술은 기억을 넘어서
있다. 예술은 본질에 대한 능력인 순수 사유에 호소한다. 예술이 우리에
게 되찾도록 해주는 것은 본질 속에 휘감겨 있는 시간들, 즉 본질로 감싸
진 세계 속에서 태어나는 시간들이다. 이 시간들은 영원과 동일하다." 질
들뢰즈, 『프루스트와 기호들』, 서동욱·이충민 옮김, 민음사, 1997, pp.
78~79.

그었다 스칠 때마다 이상한 소리가 났다 어디서도 들어본 적 없는 묘하고 아름다운 소리 그는 자신의 몸을 더 세게 톱질했다 하나도 아프지 않았다 톱이 이토록 쓸쓸한 말을 하다니 이토록 무서운 말을 하다니 그는 그것이 톱에서 나오는 소리 인지 자신의 몸을 베는 소리인지 감각 없는 뼈를 자르는 소리인지 아니면 자신도 모르게 터져 나오는 울음소리인지 알 수가 없었다 그는 자신의 몸을 더 세게 톱질했다 거대한 톱 과 거대한 소리는 숲을 가로질러 그 너머까지 울려 퍼졌다

　　내가 듣고 있는 줄 그는 모른다

　　　　　　　　　　　　　　　　　　──「내 꿈속의 벌목공」 부분

　제목에서 이미 암시하고 있는 것처럼, 이 장면은 '꿈속 에서' 본 장면이다. 잠자는 주체가 일반적인 의미의 서정 적 자아와 분리되는 지점은, 대상과 풍경에 대한 시선을 통해 자기동일성에 이르는 방식을 따라가지 않는다는 점일 것이다. '내'가 꿈속에서 경험하는 것은, '나'의 주체성을 확립시켜주는 '의미'가 아니라, 잠재적이고 근원적인 시간 의 감각이다. 이 시에서 3인칭 벌목공을 보고 있는 꿈속의 '나'는 관찰자이면서 동시에 이 기이한 장면의 침입자이다. '그'가 무서운 속도로 자라나는 나무를 다 벨 수 없어, 결 국 자신의 몸을 톱질하기 시작했을 때, 자기 몸에서 나는 '소리'는 벌목 행위를 다른 차원으로 옮겨놓는다. '그'는

자기는 몸을 자르는 '묘하고 아름다운' 톱질 소리에 매혹된 자이고, 이 매혹은 미학적 마조히즘의 차원을 암시한다. 자기 처벌의 형식은 많은 경우 '제의적' 형태를 띠며, 이것은 마조히즘의 심미적 차원이라고 할 수 있다. 의식(儀式) 행위는 마조히즘에서 필수적인 요소이고 감각적 경험 내에서의 쾌감과 고통의 조합은 형식적인 조건들을 암시한다.[2] 이런 맥락에서 벌목공은 일종의 '예술가'라고 할 수 있다. 이렇게 읽는다면, 이 시는 일종의 '시론'으로 읽을 수도 있다. 그러면 벌목공의 톱질 소리를 듣는 '나'는 누구인가? 시의 마지막 문장은 벌목공이 '나'의 존재를 의식하지 못한다는 것을 강조한다. '나'는 '그'에 대한 단순한 관음자의 위치에 있는 것이 아니라, 그의 내면까지를 응시하고 기술하는 존재이다. 꿈속에서 '나'는 초월적인 존재이며, 이 존재는 그 꿈속의 시간을 생성하는 주체로서의 지위를 갖는다. 더 과감하게 말한다면, '그'의 사건은 '나'의 꿈속에서 벌어지는 '나'의 잠재된 사건이다.

주방의 불도 켜지지 않는다 욕실의 불도 켜지지 않는다 정전이라도 된 것일까 창문을 열자 가로등은 내 꿈속에서처럼 여전히 환하게 골목을 밝히고 있다 가로등 아래는 불룩한 쓰레기봉투들이 산더미처럼 쌓여 있고 고양이 하나가 가로등

---

2) 질 들뢰즈, 『매저키즘』, 이강훈 옮김, 인간사랑, 1996, p. 121.

주위를 맴돌고 맞은편 미용실에는 불빛이 새어 나오고 저편
에서 누군가의 발소리가 들리고 나는 불 꺼진 방에 서 있다
나는 마치 수천 년 동안 불을 켜려고 했던 유령 같다 얼굴을
모르는 당신의 꿈속 같다

　　　　　　　　　　　　　　　　　　 ──「불 꺼진 방」 부분

　악몽의 세계가 있다. "얼굴이 잘 보이지 않는 사내가 나
를 토막 내고 커다란 검은 비닐봉투에 담아 집 앞 가로등
아래 버리고 사라졌다 나는 봉투에 담긴 채로 비명을 질렀
다". 그런데 "어째서 내 비명은 오직 나만 알아들을 수 있
는 걸까". 이 꿈은 전형적인 악몽처럼 보인다. 그런데 "악
몽을 꾸다 소리를 지르며 깬 나는" 불 꺼진 방에서 다른 차
원의 시간을 만난다. "나는 잠시 꿈을 꾼 것뿐이다"라고
생각하지만, 방에는 불이 켜지지 않는다. 꿈을 깬 주체는
의식을 회복한 주체이고, 그에게는 다시 일상적인 시간이
되돌아와야 한다. 그럼에도 불구하고 불이 들어오지 않는
사태는 또다시 일상적 현실을 다른 시간대에 진입시킨다.
"나는 마치 수천 년 동안 불을 켜려고 했던 유령 같다"라
고 스스로를 명명할 때, 그 유령은 존재함과 존재하지 않
음 사이에 있는 익명적이고 비인격적인 존재이다. 잠에서
깨어났음에도 불구하고 불 꺼진 현실이 또 다른 잠처럼 느
껴지는 시간에서, '나'는 동일자적 주체의 자리에서 벗어
난 '유령'의 존재가 된다. '내'가 아직 그 어두운 꿈속에서

벗어나지 못하는 사태는 "얼굴을 모르는 당신의 꿈속 같
다"라는 진술로 표현된다. 갑자기 튀어나오는 2인칭 '당
신'은 1인칭과 3인칭의 관계 안에서만 기술되던 이 시를
돌발적으로 마감시킨다. 시의 내재적인 논리로 볼 때, '당
신'은 '나'를 토막 낸 얼굴이 보이지 않는 그 남자일 것이
다. 그 익명적인 3인칭이 익명적인 2인칭으로 변환되는
것은, '내'가 이미 불 꺼진 꿈의 가운데에서, '유령' 같은
존재가 되어버렸기 때문일 것이다. 이미 유령 같은 존재인
1인칭 '나'는, '나'를 죽인 '그 남자'를 '당신'으로 호명하는
시간 속에 있다. 그 시간은 더 이상 1인칭 '나'의 꿈이 아
니라, 익명적인 '당신'의 꿈이다.

> 젊고 아름다운 남녀가 있었다
> 그들은 내 부모였다
> 나는 그것이 극 중이라는 걸 알았고
> 밝고 활기차 보이는 아버지에게 어리광을 부리다가
> 내 손톱에 찔려 화가 난 것을 보았다
> 극이 중단될까 두려워진 나는 사과하고 또 빌었다
> ──「여름 한때」 부분

강성은의 시적 주체가 잠자는 존재로서의 무의식적 존
재 생성의 주체라고 한다면, 그 주체는 단지 의식을 망각
한 주체가 아니라, 잠 속에서 다른 시간을 만나는 주체이

다. 그런 주체는 자신의 꿈을 응시하고 그 꿈을 통해 시간의 다른 겹들을 생성하는 주체이다. 그런 주체를 가령 '자각몽적 주체'라고 불러보자. 위의 시에서처럼 이 주체는 특정한 몽상적 장면 속에서, 그 장면이 '나'의 '극—꿈'이며, 거기에 등장하는 인물들은 다른 시간 속의 사람들이라는 것을 눈치챈다. 이 시에서 '극 중'이라는 표현은 의미심장하다. '꿈'이나, '환상'이라고 말하지 않고, '극'이라고 말할 때, 다른 시간의 경험은 예술적 형식의 하나가 된다. '극'이란, '작가의 개입이 없이 등장인물들의 대화 형식으로 이루어진 예술 작품'을 통칭하는 것이고, '나'는 그 '극—꿈'을 응시하면서도 그 극이 중단될까 봐 걱정하는 존재이다. '극'은 불행한 사건이거나 악몽이라고 하더라도 지속될 필요가 있다.

나는 운전 중이었다 한적한 산길이었고 차는 천천히 달리고 있었다 열린 창으로 아카시아 숲이 불어오고 있었다. 해체된 밴드의 음악이 흘러나왔다 문득 나는 어디로 가고 있는지 기억나지 않고 그러나 이 길은 너무나 익숙해서 생각 없이 노래를 따라 부르는 오후였고 해가 기울어가고 있었고 집에서 멀어지고 있고 옆 좌석에 누군가 잠들어 있었다 모르는 사람이었다 차를 세우려고 했는데 어떻게 해야 하는지 몰랐다 운전하는 것을 배운 적이 없다 면허증도 없는 내가 왜 핸들을 잡고 있는 것일까 모르는 사람은 아무것도 모른 채 곤

하게 잠들어 있다 차는 우리를 싣고 보이지 않는 어둠 속을
달리고 있다 집으로 가고 있다 관목 숲에서 밤하늘로 푸른
박쥐들이 날아오르기 시작한다.

　　　　　　　　　　　　　　　　　—「환상의 빛」 전문

　운전을 하지 못하는 사람이 자신이 운전 중인 장면을 마
주한다면, 이건 꿈이라고 생각할 것이다. 어디로 가고 있
는지 기억나지 않고, 옆 좌석에 잠들어 있는 사람은 모르
는 사람이다. 이 시간 속에서 옆에 잠들어 있는 사람과 운
전하는 '나'는 다른 처지에 있는 것이 아니다. 옆의 사람이
익명의 존재인 것처럼, 꿈속에서 운전하는 '나'는 이미 다
른 '나'다. "차는 우리를 싣고 보이지 않는 어둠 속을 달리
고 있다"라는 문장에서, 옆 사람과 '나'는 이미 같은 시간
속을 달리는 '우리'다. 그런데 이 시의 제목은 왜 '환상의
빛'이어야 할까? '환상의 빛'이라는 제목의 시는 강성은 첫
시집에도 수록되어 있고, 이번 시집에서 세 편이나 수록되
어 있다. 연작의 형태가 아니라, 같은 제목을 가진 다른
시들을 이렇게 여러 편 수록하는 것은 이례적인 것이라고
할 만하다. 같은 제목의 시들 사이의 모종의 연관성을 확
인하는 것이 반드시 의미 있는 일은 아니지만, 이 시들은
강성은의 시적 주체가 경험하는 어떤 기이한 시간들의 경
험, 혹은 계시의 순간들을 보여준다.

그저 외할머니의 치마 속으로 들어가
긴 겨울을 여행하고 싶었을 뿐인데

긴 잠에서 깨어난 내가 눈물을 참는 사이
밤하늘에선 한 번도 본 적 없는 신이 내려오고 있다

저 눈이 녹으면 흰빛은 어디로 가는가

　　　　　　　　　　　　　　—「환상의 빛」 부분

몇 세기 전의 사람을 사랑하고
몇 세기 전의 장면을 그리워하며
단 한 번의 여름을 보냈다 보냈을 뿐인데

내게서 일어난 적 없는 일들이
조용히 우거지고 있는 것을
보지 못한다

눈 속에 빛이 가득해서
다른 것을 보지 못했다

　　　　　　　　　　　　　　—「환상의 빛」 부분

　첫번째 시에서 긴 잠에서 깨어난 할머니는 "긴 잠을 자
고 있는 내가 깨어날 때까지" "매실을 담그고 있다". 할머

니의 치마 속으로 들어가 긴 겨울을 여행하고 싶은 '나'에게 "하루는 거대해지고/하루는 입자처럼 작아져 보이지 않는다". 할머니의 잠과 '나'의 잠 사이에서 시간은 어떤 신성한 '계시'의 순간으로 나타난다. 두번째 시에서 옛날 영화와 옛날 음악을 통해 "나는 옛날 사람이 되어버렸구나 생각"하면서, "지금의 나보다 젊은 나이에 죽은 아버지를 떠올리고는/너무 멀리 와버렸구나 생각"한다. "몇 세기 전의 사람을 사랑하고/몇 세기 전의 장면을 그리워하며/단 한 번의 여름을 보"낸 일은 다른 시간의 경험이며, 그 경험은 역시, "눈 속에 빛이 가득해서/다른 것을 보지 못"하는 계시의 순간으로 이어진다. '환상의 빛'을 만나는 순간들은 '나'의 일상적이고 현실적인 시간 너머의 시간의 층위를 경험하는 순간이며, 그 순간은 종교적 뉘앙스를 갖는 계시의 순간이고, 동시에 시적인 마주침의 순간이다.

> 죽기 위해 절벽에서 몸을 던지면
> 다음 생이 시작된다
> 너는 누구지? 너는 누구야?
> 밤이 저 오랜 질문을 던지고
> 슬그머니 얼굴을 바꾸면
> 다음 날이 시작된다
> 너는 누구지? 너는 누구야?
> 몇 세기에 걸쳐 떨어져 내리는 낙엽들

나의 노래들이 켜켜이 쌓여간다

나의 얼굴들이 켜켜이 쌓여간다

이 오랜 꿈이 끝나고

나 자신이 희고 빛나는 밤이 될 때

이것이 어떤 잠이었는지 알게 되리

—「올란도」 부분

버지니아 울프의 동명 소설 제목이기도 한 '올란도'는, 엘리자베스 시대에서 현대에 이르기까지 300년에 이르는 올란도의 생애를 독창적이고 환상적인 기법으로 그려낸다. 수세기에 걸쳐 올란도는 소년으로 태어났다가 긴 잠을 잔 후 다시 여성으로 살아간다. 남녀를 오가는 양성적인 존재이며, 오랜 시간에 걸쳐 삶을 이어가는 올란도라는 존재는 성별과 시간의 경계를 모두 넘어서는 매력적인 존재이다. 올란도의 생애를 "몇 세기에 걸쳐 꿈을" 꾼 것이라고 말할 수도 있을 것이다. 그것은 "수많은 계절들의 반복과 변주"이며, "여성과 남성의 경계가 사라"지는 길고 긴 시간의 이야기이다. 그 이야기가 매혹적인 것은, 성별과 시간의 경계 속에 갇혀 있는 현세의 삶과, 전혀 다른 차원의 여러 겹의 삶을 상상하게 만들기 때문이다. "죽기 위해 절벽에서 몸을 던지면/다음 생이 시작"되고, "슬그머니 얼굴을 바꾸면/다음 날이 시작된다". 그래서 그 길고 긴 삶의 반복과 변주 속에서 "나의 얼굴들이 켜켜이 쌓여간다". '나'

는 여러 세월의 층위를 경험하면서 여러 얼굴들을 쌓아간
다. 얼굴들은 규정될 수 없고 한계 지을 수 없다는 맥락에
서 '무한'을 향해 쌓인다. "오랜 꿈이 끝나고/나 자신이 희
고 빛나는 밤이" 되는 순간은, 이 모든 반복과 변주로부터
'내'가 초월적인 존재가 되는 순간이다. 하지만 아름다운
것은 그 마지막 순간의 도래가 아니라, 그 무수하고 무한
한 탄생의 시간에 대한 감각이다.

　　어떤 날은 한밤중 세탁기에서도 멜로디가 흘러나오지
　　냉장고에서도 가방 속에서도
　　심지어 변기에서도

　　어떤 날은 내가 읽은 페이지마다 독이 묻어 있고
　　내 머리털 사이로 예쁜 독버섯이 자라기도 한다
　　그런데 이상하지 나는 죽지 않고

　　어떤 날은 미치도록 사랑에 빠져든다
　　세상에서 가장 사랑스러운 여자가 되어
　　그런데 이상하지 나는 병들어가고

　　어떤 날에는 우주로 쏘아올린 시들이 내 잠 속으로 떨어
　졌다

어쩌면 이것은 외계로부터의 답신

당신들이 보낸 것에 대한 우리들의 입장입니다

ㅡㅡ「외계로부터의 답신」 전문

'어떤 날'은 평범한 날의 하나이기도 하지만, 예기치 않은 사건이 벌어지는 날이 될 수도 있다. '어떤 날'은 황당하고 돌발적인 사건이 드러나는 날이다. "내 머리털 사이로 예쁜 독버섯이 자라"났음에도 "이상하지 나는 죽지 않고", "세상에서 가장 사랑스러운 여자가 되"었지만, "그런데 이상하지 나는 병들어"간다. 이 사태들은 삶과 죽음, 가능성과 불가능성의 경계를 무너뜨린다. 중요한 것은 어떤 날들의 내용이 가지는 의미가 아니라, 어떤 날들을 상상하는 일이, 현재 속에 잠재된 순간들을 드러내게 함으로써, 삶을 예기치 않은 사태가 벌어지는 잠재적인 가능성으로 만든다는 것이다. 그 순간들의 생성을 통해 삶은 완결될 수 없는 어떤 것이 된다. 그 생성의 언어들을 '외계로부터의 답신'이라고 한다면, 그 언어는 닫힌 날들의 잠재된 가능성을 우주적인 '외계'로 개방하는 언어라고 할 수 있다.

아직 이름이 없고 증상도 없는

어떤 생각에 빠져 있을 땐 멈춰 있다가

정신을 차리고 보면 다시 생동하는 세계와 같은

단지 조금 이상한 병처럼
단지 조금 이상한 잠처럼

마음속에서 발생하는 계절처럼
슬픔도 없이 사라지는

위에서 아래로 읽는 시절을 지나
오른편에서 왼편으로 읽는 시절을 지나
이제는 어느 쪽으로 읽어도 무관해진
노학자의 안경알처럼 맑아진

일요일의 낮잠처럼
단지 조금 고요한
단지 조금 이상한

　　　　　　　　——「단지 조금 이상한」 전문

　이 시집에서 오랜 꿈처럼 펼쳐지는 기이한 시간들이 조
금 '이상'한가? 이 시에서 그 기이한 세계는 "단지 조금 이
상한" 것으로 진술된다. 그 세계는 "아직 이름이 없고 증
상도 없는" 세계이며, "단지 조금 이상한 잠처럼" "마음
속에서 발생하는 계절"과 같은 세계이다. 그 세계는 "위에
서 아래로 읽는 시절"과 "오른편에서 왼편으로 읽는 시절"

을 지나 "어느 쪽으로 읽어도 무관해진" 시간이다. 다른 방식으로 말한다면, 일상적인 시간과 선조적인 시간 개념 너머에서 발생하는 이상한 잠과 같은 시간이다. 그 시간에 이름을 붙이는 것은 불가능하며, 이 시의 화자 역시 그 시간을 규정하려는 의지를 갖고 있지 않다. "단지 조금 이상"하다고 말하는 것 이외에 그 세계에 대해 말할 수 있는 것은 없다. 강성은의 시적 주체는 그 세계를 무어라 부를 수는 없지만, 그 세계는 있으며, 그것을 발생시키는 것이 시적 사건이라고 말해준다. 그 시간을 발생시키는 것은, 인격적 동일자로서의 시인이 아니라, 그 기이한 시간들을 경험하는 다른 삶의 내재된 가능성이다. 그 꿈이 다만 시인의 꿈이 아니라면, 그 익명적인 꿈은 누구의 꿈인가? 시인의 입장에서 말한다면, '단지 조금 이상한 시간이 나를 가로지르며 말한다'고 쓸 수 있을 것이다.

여기까지, 강성은의 시와 함께 오랜 시간의 경계를 넘나드는 무수한 꿈들의 자리를 여행했다. 이제 그 여행의 최초의 자리에 놓인 시를 읽을 차례이다.

버려야 할 물건이 많다
집 앞은 이미 버려진 물건들로 가득하다

죽은 사람의 물건을 버리고 나면 보낼 수 있다
죽지 않았으면 죽었다고 생각하면 된다

나를 내다 버리고 오는 사람의 마음도 이해할 것만 같다

한밤중 누군가 버리고 갔다
한밤중 누군가 다시 쓰레기 더미를 뒤지고 있다

창밖 가로등 아래
밤새 부스럭거리는 소리
———「기일」 전문

　기이한 시간들 중의 하나를 누군가의 사망일이라고 생각해보자. "죽은 사람의 물건을 버리고 나면 보낼 수 있다"라는 진술은 완벽하지는 않을 것이다. 그것은 죽은 사람은 반드시 보내야 하며, 죽은 사람을 보내기는 쉽지 않다는 전제를 담고 있다. 역설적으로 "버려야 할 물건이 많다"는 것은 수많은 죽음들이 있고, 수많은 죽음들은 잊기 어려우며, 그 잊음의 의지가 간절하다는 의미일 수 있다. 이 시에서 시적 주체는 버려진 물건들로 가득한 이미지만을 묘사하는 것이 아니라, "한밤중 누군가 다시 쓰레기 더미를 뒤지"는 소리를 듣는다. 그 소리는 누군가를 버리는 일의 지독한 어려움을 말해주는 소리이며, 어쩌면 이상한 방식으로 누군가를 애도하는 소리이다. 혹은 그 소리는 '내가 버려지는 시간'을 상상하게 만드는, 이 모든 죽어가는 것들의 시간을 만나게 하는 소리이다. "창밖 가로등 아

래/밤새 부스럭 거리는" 소리는 아름답지 않으며, 조금 불편하고 기이하고, 조금 두려울 것이다. 밤새 죽은 자의 쓰레기 더미를 뒤지는 소리를 '단지 조금 이상한 시'라고 해 보자. 이때, 시는 어떤 위로도 어떤 관념도 없이, 이번 생에 속한 시간의 둘레와 겹에 대해 감각하게 한다. 그러면 또 알게 될까? 바로 지금 이 시간이, 누군가의 기일이며, 누군가의 애도의 순간이며, 다음 생이 시자되는 순간이라는 것을. ▨